I0664657

FABLES

PAR

ABEL FABRE

DEUXIÈME ÉDITION

CORRIGÉE ET AUGMENTÉE.

PARIS

JACQUES LECOFFRE, LIBRAIRE-ÉDITEUR
Rue du Vieux Colombier, 29

LYON

BRIDAY, LIBRAIRE
Place Montazet, 1.

1862

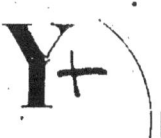

FABLES

Y.e

FABLES

PAR

ABEL FABRE

DEUXIÈME ÉDITION

CORRIGÉE ET AUGMENTÉE.

PARIS

JACQUES LECOFFRE, LIBRAIRE-ÉDITEUR

Rue du Vieux-Colombier, 29

LYON

BRIDAY, LIBRAIRE

Place Montazet, 1.

1862

LETTRES

ADRESSÉES A L'AUTEUR.

***

Lettre de Monseig^r le Cardinal de Bonald, Archevêque de Lyon.

MONSIEUR,

J'ai reçu avec reconnaissance le livre de fables que vous m'avez envoyé ; je n'ai pu encore qu'y jeter un coup d'œil rapide ; mais ce que j'ai lu m'a fait grand plaisir.

Je vous bénis, Monsieur ; croyez à mon sincère dévouement en N. S.

> † J.-L.-M. DE BONALD,
> Archevêque de Lyon.

Lyon, le 29 juillet 1861.

***

Lettre de M de Lamartine, de l'Académie française.

Paris, 7 août 1861.

MONSIEUR,

J'ai lu avec charme quelques unes de vos fables—raison pour les lire toutes. — Ce que j'en ai lu est accompli : le talent est neuf, original, le style excellent. Quand on a cette langue, on peut traduire la nature entière qui pense tout bas.   LAMARTINE.

Lettre du Père Lacordaire.

Sorèze, 10 août 1861.

Monsieur,

J'ai reçu le petit volume de fables dont vous avez bien voulu me faire hommage. Je les ai parcourues avec un vif intérêt ; elles m'ont parues d'un fort bon style et animées d'un sentiment très-chrétien.

Je me plais, Monsieur, à vous en féliciter et à vous offrir, avec mes remerciements, l'assurance de mes sentiments de considération très-distinguée.

F. Henri-Dominique LACORDAIRE,
des Frères-Prêcheurs.

Lettre de M. Viennet, de l'Académie française.

Monsieur,

Le retard de ma réponse a dû vous tromper sans doute sur le cas que je fais de vos apologues, et je dois avant tout vous l'expliquer. J'habite la campagne.......

Je profite de mon nouveau voyage à Paris pour vous dire que j'ai lu votre recueil avec plaisir.

J'ai remarqué un bon nombre de vos fables ; je coterai surtout le *Voyageur et le vieux Monument*, le *Jaguar et les deux Loups*, les *trois Étourneaux*, c'est bien conçu, bien versifié, et tout poète s'en ferait honneur. Permettez-moi cependant de vous donner un conseil. Vous recherchez, en géréral, une grande concision, et notre Horace vous a dit ce qu'il en arrivait.

Deux ou trois vers de plus ne nuiraient pas au récit, et vous les faites assez bien pour qu'on vous les pardonne.

Agréez, Monsieur, l'assurance de mes sentiments les plus sympathiques.

VIENNET.

Paris, 5 octobre 1861.

Lettre de Monseigneur le Cardinal Donnet Archevêque de Bordeaux.

Bordeaux, le 1er septembre 1861.

Monsieur,

Vous avez su allier dans vos fables une morale toujours pure et irréprochable avec l'élégance et la simplicité du style. Quelques-unes de vos compositions respirent une grâce pleine de fraîcheur ; d'autres puisent un intérêt profond dans l'actualité des sujets et dans la justesse des moralités, qui sont déduites avec une clarté d'expression et une rectitude de bon sens que je ne saurais trop louer.

Permettez-moi cependant, Monsieur, une courte observation. Il semble qu'en attaquant des classes d'hommes respectables, vous attribuez à un corps tout entier les vices de quelques-uns de ses membres. Alors vous risquez de pousser la satire jusqu'à l'injustice, et de sortir des limites d'une critique mesurée et équitable. Ainsi je n'aime pas que vous disiez dans *les Deux Ballons :*

> L'un portait..........

Dans *le Temple de la Fortune*, je ne peux souscrire sans réserve aux vers suivants :

> A moins d'être.......

J'en dirai autant de la fable intitulée : *le Juge et le Glaive.*

Sauf ces taches légères qu'il serait facile de faire disparaître dans une prochaine édition (1), je louerai sans réserve votre charmant recueil. Il intéressera les lecteurs de tous les âges, et contribuera à former le cœur et l'esprit de l'enfance pour laquelle il est spécialement composé.

Recevez, Monsieur, mes compliments les plus sincères.

† FERDINAND, cardinal DONNET,

Archevêque de Bordeaux.

---

(1) Ces fables ont été supprimées ou corrigées conformément aux observations très-judicieuses de l'illustre prélat.

Aristote a dit : « Les vents que les hommes craignent le plus, ce sont ceux qui les découvrent. « Ce philosophe a dit vrai ; mais s'ils ne cessent de commettre des erreurs et des fautes, doit-on se lasser de les leur reprocher ? Ils veulent se promener dans la boue, plaçons des miroirs partout.

La Fontaine, dans ses fables immortelles, a attaqué toutes les faiblesses et tous les travers ; aussi, avec moins de négligence, et surtout, avec plus de vérité religieuse, ce serait un poète divin. « Je ne sais qu'une sorte de livres utiles, a dit J.-J. Rousseau, ce sont les livres religieux. » Jamais, du reste, la nécessité ne s'en est plus fait sentir qu'en ce temps

d'éblouissement intellectuel et d'abaissement
moral.

L'influence des mauvais livres, des romans
en particulier, a pénétré jusque dans les vil-
lages les plus reculés, et Dieu sait le mal qui
en résulte. Je préfère arrêter mes regards sur
une campagne ravagée par l'orage que d'entrer dans une famille où les romans ont passé :
c'est moins triste.

La jeunesse se laisse aisément prendre à
ces aventures impossibles, écrites avec un
style éblouissant et plein d'intérêt. Au lieu de
boire aux sources pures, dont la religion est
l'inexorable gardienne, on se précipite dans
les courants empoisonnés. « Nous ressem-
blons, dans nos lectures, dit Joseph de Mais-
tre, à ces insectes impurs qui ne sauraient
vivre que dans la fange ; nous dédaignons
tout ce qui instruisait, tout ce qui charmait
nos ancêtres, et, pour nous, un livre est toujours assez bon, pourvu qu'il soit mauvais. »
Le caractère profondément chrétien imprimé
à mes fables leur donnera, j'espère, plus de
vie et plus d'éclat ; et, à défaut d'autres qualités, je m'estime heureux d'y voir briller celle-

là. Je prends en pitié le moraliste qui prétend corriger l'homme en lui montrant naïvement ses défauts dans le miroir de l'apologue. Vous attaquez les vices, mais si la religion ne frappe avec vous, vous donnez des coups inutiles.

Améliorer le cœur de l'homme en le poussant dans les bras de Dieu, tel doit être notre but, le seul digne d'un travail sérieux.

La fable est un des genres les plus propres à produire ce résultat magnifique.

L'homme est un éternel enfant, il veut s'instruire et se corriger en s'amusant. « La raison et l'expérience, a dit un écrivain distingué, sont des pays assez secs, il faut égayer l'esprit si l'on veut qu'il s'éveille : les buissons plaisent quand ils sont fleuris. » Aussi les fabulistes sont-ils les instituteurs et les amis de tous les âges : ils se jouent autour du cœur et bientôt ils y pénètrent.

On me demandera peut-être pourquoi je n'ai pas composé des fables essentiellement appropriées aux besoins et à l'intelligence du jeune âge ?

Il m'est facile de répondre.

J'aime les livres d'une utilité générale, et je me range avec Montaigne pour décrier cette ancienne et funeste méthode. « On nous apprend à vivre, dit-il, quand la vie est passée. » L'enfance est l'apprentissage de l'âge mûr. On demandait à Agésilas ce qu'il serait d'avis que les enfants apprissent : « Ce qu'ils doivent faire étant hommes, » répondit-il. Le sens moral des fables apprises dans le jeune âge se développe et grandit avec l'enfant ; ce sera plus tard l'ornement de son esprit et l'aliment de son cœur. Cette opinion a l'autorité de l'expérience et de l'antiquité : je puis être contredit, je ne serai jamais confondu.

FABLES.

—

LIVRE PREMIER.

—

LES TROIS ÉTOURNEAUX.

Trois étourneaux à jeun, d'une patte légère
Explorant un pays inculte et solitaire,
    Rencontrent un vase profond ;
    Un peu d'eau se trouvait au fond,
Doux trésor ! mais comment profiter de l'aubaine ?
L'ouverture est étroite et le bec n'est pas long.
    On se tourmente, on se démène,
    On sue et de rage et d'effort,
    Et l'eau n'arrive point au bord.
Après un long moment d'attente et de silence,
    L'un d'eux enfin vers la cruche s'avance,

Prend de petits cailloux et les jette dedans ;
L'eau monte ; ils boivent tous et repartent contents.

Fainéants ! à vous je m'adresse.
Le succès veut, outre l'adresse,
Patience, travail et temps ;
Le découragement est fils de la paresse.

LE JAGUAR ET LES DEUX LOUPS.

Après une course lointaine,
Deux loups rentraient à jeun dans la forêt prochaine.
Ils avisent, près d'un ormeau,
Un jaguar affamé déchirant un agneau,
Dont la voix expirante appelle en vain sa mère.
« Bête cruelle et sanguinaire,
Dit l'un des voyageurs, faut-il être méchant !
Dévorer ce pauvre innocent !
Il demande en mourant sa mère misérable,
Et l'animal impitoyable
Lui répond par un coup de dent.
Ce spectacle me persuade
Que les jaguars sont un peuple bourreau,
« C'est vrai, reprend son camarade,
Manger ainsi ce pauvre agneau !
Au moins s'il en donnait un tout petit morceau.

Cette courte fable est l'histoire

De Monsieur tel, son nom échappe à ma mémoire.
        Voyant des amis grands seigneurs
        Assis au banquet des faveurs,
        Monsieur s'indigne et s'effarouche,
Il crie : « Aux intrigants, aux fourbes, aux voleurs ! »
        La jalousie enfante ces fureurs ;
Un tout petit morceau lui fermerait la bouche.

LE BUISSON, LE POIRIER ET LE NOISETIER.

Une trombe, la nuit, éclatant au village,
Avait semé partout le trouble et le ravage.
Un buisson, un poirier, un noisetier des bois,
  Portés sur le fleuve rapide,
 Vers l'Océan s'en allaient tous les trois.
Côte à côte ils flottaient sur cette nappe humide :
« Frères, dit le buisson, ne reviendrons-nous pas,
Et ce fleuve pressé va-t-il sans espérance
Nous jeter pour toujours dans l'Océan immense ? »
« Eh ! sans doute. » « Sans doute, hélas ! »
« Et pourquoi cette crainte en face du trépas,
Dit le poirier ? pour moi, ne rebutant personne,
En mon temps j'ai donné le peu de fruits que donne
  Un jeune poirier en automne ;
Ma tâche est accomplie et je m'en vais content. »
Le noisetier s'écrie : « Eh ! j'en puis dire autant. »
« Las ! répond le buisson, plaignez ma destinée :

Loin de produire chaque année,

Comme vous, des fruits abondants,

Debout sur les chemins, ainsi que les méchants,

Je prenais mon plaisir à déchirer les gens. »

Le poirier lui dit : « O mon frère,

Je comprends après cet aveu

Vos chagrins et votre misère :

Le mal que l'on a fait, le bien qu'on eût dû faire

Sont un si lourd fardeau quand on les porte à Dieu.»

LE TEMPLE DE LA FAVEUR.

Il est au sein du monde un temple magnifique
    Dont la richesse et la splendeur
    Frappent l'œil d'un éclat magique ;
    C'est le temple de la Faveur.
Il est vaste, élevé, mais la porte en est basse.
A moins de ressembler au flatteur, au serpent,
    On ne saurait y prendre place :
    On n'y pénètre qu'en rampant.

LE CHARDONNERET, LE ROSSIGNOL ET LE PINSON.

Chardonneret, rossignol et pinson,
　　Cachés au milieu du feuillage,
D'un concert magnifique emplissaient le vallon.
　　A ce mélodieux langage
　　Le merle répond en sifflant.....
　　« Je ne chante pas davantage, »
Dit le fier rossignol. « Chante, lui dit un sage,
Car la haine des sots est le premier hommage
　　Que reçoit le talent. »

LA FEUILLE DE ROSE,

Voyez cette feuille de rose,
Le vent de son souffle mortel
L'arrache au rosier paternel.
Elle voltige ou se repose,
Vers le ciel soudain prend l'essor,
Revient, tournoie et monte encor,
Redescend par un vol étrange,
Sur l'aile des vents irrités,
Et puis, comme tant de beautés,
Elle va périr dans la fange.

LE MARAIS ET LA RIVIÈRE.

Certain jour le marais disait à la rivière :
« Vous fournissez, ma sœur, une belle carrière,
Aux jours froids ou brûlants, au milieu des vallons,
Vous avancez rapide en tortueux sillons ;
On maîtrise les gens, mais rien ne vous enchaîne,
Quel instinct vagabond en ces lieux vous entraîne ;
Le plaisir est-il donc compagnon de la peine?
Modérant vos transports, imitez-moi, ma sœur,
Demandez au repos le suprême bonheur. »
« Imitez-moi plutôt, lui répond la courrière ;
    Dans un froid engourdissement
    Vous croupissez l'année entière,
Est-ce là du plaisir ? je n'y vois que tourment.
Ah! croyez-moi, sortez de ce repos funeste,
    Des insectes pleins de venin
    Vont s'élancer de votre sein
    Apportant la mort et la peste.

Et loin de vos bords infectés
L'homme et les animaux fuiront épouvantés. »
    Notre rivière impatiente,
    S'élance alors et rapide et fumante.
    Et le marais, interdit à ces mots,
    Rentre confus dans son repos.

La paresse est honteuse ; elle est parfois terrible.
Lisez Platon, Socrate, Aristote, la Bible,
Tous vous diront : « Mortels, le repos est fatal,
Vous ne voulez rien faire, ô conduite impossible,
    Mes amis vous ferez le mal.

LE VOYAGEUR ET LE VIEUX MONUMENT.

Un matin je ne sais comment
Je longeais un beau monument,
Dont la sculpture antique et la forme nouvelle
Me montraient à la fois Mansard et Praxitèle.
Je regarde étonné, bientôt, près de partir,
Du sein des murs j'entends ces mots sortir :
    « Contre les rois élevons des sicaires,
Nous avons des tyrans, et nous aurons des frères ;
Gloire au travail fécond, arrière les faux dieux ;
La route du progrès est le chemin des cieux :
Tout est grand, tout est Dieu ; d'après ce beau système,
Dans un âne qui brait j'entends la voix suprême.
Mortel sois probe, humain, débauché, fainéant,
    Le bien, le mal, tout conduit au néant. »
    Etonné d'un pareil langage,
Je lève en haut mes yeux et ne vois nul visage,
    La porte enfin cède à mes coups ;
Alors la vérité s'offre à moi sans nuage :
    J'étais dans l'hospice des fous.

LES ANIMAUX EN PÈLERINAGE.

La peste, noir fléau messager de la mort,
Après avoir frappé l'homme souillé de crimes,
Parmi les animaux choisissait des victimes.
   Le roi lion, craignant ce dernier sort,
      Annonce un long pèlerinage.
« Rien n'est tel, disait-il, pour apaiser les dieux.»
      Les animaux de divers lieux
      Fidèles à l'appel du monarque très-sage,
      Arrivent prêts pour le voyage.
      Le roi, priant avec dévotion,
      Se trouve le premier à la procession ;
   Le fin renard placé non loin du sire,
Voit soupirer le prince et comme lui soupire.
      Vainement le singe Magot
   Le tire par la queue et le presse de rire,
      Il avance sans dire mot :
      Un vieux renard n'est pas si sot.

Le loup de son côté montrant piteuse mine,
　　Se frappe avec bruit la poitrine,
　　Promettant de se corriger.
« Que m'ont fait les brebis, les moutons, le berger
Broutons l'herbe, dit-il, puisqu'il nous faut manger. »
　　Le chien, à coup de discipline,
Feignant de se frapper rencontre son voisin.
　　Plus loin le chat, humble sainte nitouche
Qui lève au ciel des yeux apparemment contrits,
　　Et presse encore dans sa bouche
　　Le poil d'une pauvre souris.
　　Pendant qu'ainsi l'on marchait en silence,
　　Tout à coup un bruit sourd s'avance.
Le roi meurt, il est mort : autour du roi lion,
　　Chacun vole et se précipite.
　　« Un coup de foudre agit moins vite,
　　De tous côtés murmurait-on. »
　　L'enterrement ne fut pas long,
Heureux d'abandonner ce dur pèlerinage,
　　Chacun bientôt retourne à son ouvrage ;
Le blaireau, le serval retournent aux oiseaux,
Le renard aux poulets et le loup aux agneaux.
　　Enfin ces pèlerins nouveaux
　　Que l'on voyait tantôt, d'une voix unanime,
　　Exprimer leur saint repentir,

Rentrent dans le chemin du crime
Résolus de n'en plus sortir.

Adorons Dieu pour Dieu, non pour tel ou tel autre ;
N'imitons point ce sot, servile et faux apôtre
Que la crainte ou l'orgueil entraîne dans le bien ;
Il s'estime dévot, à peine est-il chrétien.

LE SONGE DU TAILLEUR.

Une nuit, sur l'aile d'un songe,
Un tailleur, un voleur, devant Dieu fut porté.
(Ce trait moral ne peut être un mensonge :
Un Gascon me l'a raconté).
Devant notre homme épouvanté,
Un ange courroucé, l'ange de la Justice,
Dresse une enseigne accusatrice
Où vingt morceaux de drap différents de couleur,
Pendaient confusément et criaient : au voleur !
Le tailleur jette alors des cris épouvantables
Au milieu des élus surpris ;
Jamais les anges étourdis
N'en n'avaient ouï de semblables
À la porte du paradis.
« Dieu terrible et vengeur, dit-il en sa détresse,
Pardonne à mes remords, pardonne à ma faiblesse,
J'ai trahi ta divine loi ;

Aujourd'hui je fais la promesse,
Sur mon honneur et sur ma foi,
De ne plus dérober..... Oui, Seigneur, je préfère
Mourir, s'il le faut, de misère.
Je renonce aux larcins, même aux désirs jaloux ;
Le bien d'autrui n'est point à nous. »
Ainsi dit, il s'éveille et raconte son rêve,
Puis en ces mots parle au garçon :
« Si sur les draps ma main prélève
Désormais le moindre coupon,
N'attends pas que la honte ou le remord m'étreigne,
Crie aussitôt : « Maître, l'enseigne ! »
Le garçon lui promit, sur la foi du serment.
L'homme au songe, un beau jour, taille un grand vêtement,
Habit de prince apparemment ;
En découper une largeur modeste
Est mal léger : le diable aura le reste.
Ainsi dit le tailleur. Et crac ! habilement,
Dans le tiroir, pour Jean, tombe une veste ;
Cet usage de père en fils,
Dans la maison s'était toujours transmis.
« Et l'enseigne, l'enseigne ! au même instant répète
Le joyeux garçon qui le guette.
« L'enseigne ! reprit l'autre, eh ! j'y pensais aussi,
Mais elle n'avait pas de cette étoffe-ci. »

LE MARI, SA FEMME ET LE SAC DE PLUMES

Une fermière, au temps jadis,
Excellant dans les commérages,
Semait le trouble au sein de paisibles ménages.
Nul ne croira ce que je dis,
Excepté pourtant les maris.
Instruit de sa conduite infâme,
Le sien donc, sage, aimable et doux,
(Comme ils le sont à peu près tous),
Loin d'étriller sa pauvre femme,
Prend un modeste sac, de plumes le remplit,
Puis dit à sa compagne :
« Toinette, suivez-moi. » Toinette le suivit.
Après un long trajet sur un chemin maudit,
Les voilà sur une montagne.
La nature était sans attraits ;
L'aquilon, avec violence,
Balançait, de son souffle immense,

Le chêne géant des forêts ;
Tout ployait. L'autre alors dénoue
Le sac de plumes qu'il secoue
Et répand au milieu des airs.
Le vent les porte en cent endroits divers.
« Allons, à l'œuvre ! à l'œuvre, vite !
Dit gravement Jean-Pierre à Toinette interdite,
Ces plumes sont à ramasser. »
« Jamais répond la femme, y penses-tu, Jean-Pierre,
Depuis quand suis-je une sorcière ?
Commande avec bon sens ; je suis femme et fermière,
Voilà ma tête prête à courber sous ta loi,
Mais tenter l'impossible est impossible à moi. »
« J'en conviens, répond l'homme sage :
Mais si ce long travail fait peur à ton courage,
Le mal qu'a répandu, partout dans le village,
Contre tel couple et tel ménage,
Ta langue vendue au démon,
Comment le recueillera-t-on ?
Reconnais aujourd'hui ta conduite coupable,
Femme, et grave en ton cœur ce dicton charitable :
Diffamer le prochain est mal irréparable. »
Cela dit, nos époux rentrent à la maison.

Ce conte est vieux, me dira-t-on,

Comme Adam, Moïse ou Platon.

Eh ! Messieurs, qu'importe son âge ?

En ces vieux temps, prêtres dans le ménage,

Les pères inquiets veillaient sur leurs enfants,

Etouffaient leurs erreurs et leurs défauts naissants ;

Non seulement ils donnaient à leurs femmes

L'exemple saint bien entendu,

Mais aussi les conseils qui transforment les âmes,

Et cet usage s'est perdu.

LA MOUCHE ET LE BOEUF.

Un bœuf revenait du labeur ;
Une mouche jeune et volage
Guettait l'animal au passage.
Sur sa tête elle vole et dit d'un ton moqueur :
    « Ah ! Monseigneur, ne vous déplaise,
    Je viens d'un pays inconnu,
    Et pour me reposer à l'aise,
Je m'assieds un instant sur votre front cornu
    Pauvre animal ! je te pèse sans doute,
    Mais bientôt, poursuivant ma route,
Je te déchargerai, prends patience, va. »
    « Ah ! dit le bœuf, vous étiez là ? »

Hâbleurs, vantards, gens d'apparence
Qui semblez gouverner Pékin, Rome et Paris,
    Par votre langue ou vos écrits,

Vous êtes plein d'orgueil et d'ignorance :
N'oubliez jamais cet avis :
La sottise et la suffisance
Habitent le même logis.

L'ANE ET LE FANFARON.

Connaissez-vous le jardinier Babet?
De la ville prochaine arrivait son baudet,
    Léger, pimpant et guilleret.
    Un jeune homme de haut parage,
    Folâtre et bizarre en ses goûts,
    Saute en bas de son équipage
    Et monte sur le porte-choux.
Voilà notre homme fier : la farce était si belle !
« Eh ! messire baudet, comment on vous appelle?
    S'écrie notre fanfaron
    En frappant maître Aliboron. »
    Aliboron se dresse avec colère
    Et sur le sol vous l'étend sans quartier,
Puis se sauve en disant : « Mon ami cavalier,
    Je m'appelle Jean Flanquaterre. »

Ce fanfaron puni nous prouve à ses dépens
Comment un grand esprit en riant du vulgaire,
Manquant de charité, peut manquer de bon sens.

                  3

LES CHÈVRES QUI DEMANDENT DES CORNES.

Les chèvres autrefois, de cornes dépourvues,
    Dirent à Jupin, roi des nues :
    « O Jupin, regarde nos fronts ;
Point d'armes ; cependant sur la boule où nous sommes
On rencontre des loups, des enfants et des hommes,
    Gens vils, scélérats et fripons ;
Eh ! bien, ô Jupiter, arme nos fronts de cornes,
Et tout en admirant ta puissance sans bornes,
    A jamais nous te bénirons. »
« Mes filles, dit le dieu, vous voilà satisfaites. »
Des cornes à l'instant poussèrent sur leurs têtes ;
    Une épaisse barbe au menton
    Compléta même un si beau don.
    « O Jupin, s'écrièrent-elles,
    Une barbe à des demoiselles,
Plaisantez-vous ? en tout cas, grand merci,
Reprenez votre barbe et les cornes aussi. »

Et les voilà criant, des jours, des nuits entières ;
    Jupin fut sourd à leurs prières.

    Leçon à vous, mâles beautés,
  Qui, préférant une plume à l'aiguille,
Régnez sur le Parnasse et non dans la famille.
Croyez-moi, descendez de ces monts enchantés ;
  Il vous faudrait, pour marcher sur nos traces,
Jeter dans le sentier la couronne des Grâces :
    Oh ! n'en faites pas l'abandon ;
    Elle vous sied trop bien, Mesdames ;
    Vous êtes femmes, restez femmes,
    Ou gare la barbe au menton !

LE CHASSEUR ET LE SERPENT.

Certain chasseur longeait une rivière ;
   Le malheureux au désespoir,
D'ici, delà, dans les airs, sur la terre,
   Tournait les yeux pour ne rien voir,
   Usait des plombs pour ne rien faire.
   Tout-à-coup lui vient au devant,
Au lieu d'un lièvre, un monstrueux serpent.
   Notre homme, sans perdre la tête,
   Lui lance des plombs et l'arrête ;
Il accourt, il regarde et dit : « Te voilà pris. »
Le reptile était mort, du moins à son avis.
Le chasseur tout joyeux sur le sable le laisse
   Et va soudain dans la forêt
   Chasser un gibier d'autre espèce.
   « Ce soir, dit-il, heureux et satisfait,
   Je viens te prendre. » Il tint promesse.
Vers le soir il arrive, approche du serpent,

Le touche d'un pied méprisant.
L'animal engourdi se réveille et se dresse
Contre le chasseur imprudent,
De ses plis vigoureux il l'enlace et le presse ;
L'infortuné pousse un cri de détresse,
Des pieds, des mains combat et se défend,
Mais en vain ; l'animal enfin est triomphant,
Et le mort tua le vivant.

N'accordons ni repos, ni trève,
Aux vices de l'âme et du corps,
Ayons pour les percer toujours la main au glaive :
Semblables au reptile étendu sur la grève
Ils nous livrent la guerre et nous les croyons morts.

L'ENFANT, LA FLEUR ET LA CHENILLE.

A MA TANTE NATALIE, A MAUGUIO,

'après la mort de sa fille.

« Elle est à moi, criait dans un parterre
    Une sœur à son jeune frère,
Rose embaumée au sourire éclatant,
Elle est à moi la fleur que j'aime tant. »
Et tandis que l'enfant la caresse et la flaire,
    Du sein de la rose éphémère
Une chenille sort et dit : « Elle est à moi. »

Mère, qu'en vous l'amour accompagne la foi ;
Vous croyiez votre fille immortelle et pourquoi?
    L'enfant dont vous étiez si fière
    Croissait au bord du cimetière,
    Du sort jaloux telle est la loi :
    Fleur aujourd'hui, demain poussière.

LA SURPRISE AGRÉABLE.

— Mon cher Alfred ? — Plait-il maman ?
— Nous touchons au beau jour de l'an :
Pour moi, jour de souhaits, de vœux, de simagrées.
— Et pour moi donc, maman, d'étrennes, de dragées !
Ah ! bon an, mauvais an, que ne vient-il cent fois !
    Ou pour le moins un jour par mois.
Alors on est heureux ; on court, on se promène,
    Le front joyeux, la poche pleine
    De bonbons nombreux, excellents,
    Que l'on conserve une semaine
    Et parfois même plus longtemps,
    Car on sait qu'aux petits enfants
    Le sucre fait tomber les dents.
— Renonce, cette année, aux étrennes d'usage,
Mon Alfred ; il te faut et mieux et davantage,
Par exemple un grand sabre avec un beau fusil.
    — Bonne maman, ainsi soit-il.

— Mais ces charmants joujoux payés fort cher, sans doute,

    Venus hier du grand Paris,

    Il faudra les gagner, mon fils.

   —Oh ! je veux bien, parle, maman, j'écoute.

— Voyons si des leçons tu fais un peu profit ;

Réponds à ma demande et cela me suffit :

    Où donc est Dieu ? Sans rien rabattre

Aux deux objets promis j'ajoute deux dadas.

    — Eh ! bien, moi je t'en donne quatre,

Maman, si tu me dis où le bon Dieu n'est pas.

L'ENFANT ET SA MÈRE.

Vous m'avez dit souvent, maman, qu'auprès de nous
 Toujours un ange est à genoux.
Seul il doit s'ennuyer en mon cœur solitaire.
— Il bénit le Seigneur et nous porte à bien faire ;
 Pour nous il prie incessamment,
Et quand l'enfant rebelle au péché s'abandonne,
Et brise fleur à fleur sa céleste couronne,
Il voile son visage et pleure doucement.
 — Ah ! mon Dieu, maman, quel martyre !
Je promets désormais de vivre sagement,
  Et tellement
  Que je le ferai toujours rire.

LA PERDRIX ET LE PERDREAU.

Un perdreau disait à sa mère :
« Mère, vois-tu, là-bas, ce gros serpent ?
Je l'ai vu dépouillant naguère
La robe impure de brigand.
Approchons-nous, car maintenant
Il sera bon, affable, débonnaire. »
— Ah ! que dis-tu ? cet acte téméraire,
Mon fils, nous coûterait du sang.
Connais la cruelle vipère :
Elle change de peau mais non de caractère.

Il en est ainsi du méchant.

LES DEUX PERRUCHES.

Dans les pays américains,
Vivaient jadis deux perruches charmantes.
Elles avaient dressé leurs tentes
Au bord des flots, sous les yeux des marins :
C'était se placer dans leurs mains.
On les convoite, on les épie,
Et voilà qu'à l'une est ravie
La liberté ; c'était plus que la vie.
On lui dresse pour logement
Une humble cage, au fond du bâtiment ;
Et là, tristement renfermée,
Loin d'accuser les dieux de son sort inhumain,
Elle bénit les dieux en pleurant son destin :
Heureuse encor de n'être pas plumée !
Un mois entier s'écoule en ce séjour,
Songeant et la nuit et le jour
A la perruche son amie.

Ce souvenir pesait sur son cœur et sa vie :
L'absence est si lourde à l'amour !
Un matin, par hasard ou plutôt par adresse,
Elle part en jetant un long cri d'allégresse.
L'heureux oiseau, loin du vaisseau maudit,
Retrouve le bon air, la force et l'appétit,
Et, contemplant les flots en courant sur la grève,
Il rêve le bonheur, hélas ! c'est bien un rêve.
Il regarde les mâts et les voit tous déserts ;
Il vole dans le bois, il monte au haut des airs
En s'écriant, l'âme toute éperdue :
« Ma sœur, ma tendre sœur, qu'est-elle devenue ?
Peut-être, faible et sans secours,
Elle succombe au mal qui me dévore.
Mais n'importe, ô destin, rendez-la moi toujours :
Avec elle souffrir, c'est du bonheur encore. »
Un vautour s'offre alors à son regard subtil ;
Gare à notre perruche ! Un semblable péril
Voulait de la prudence et l'amour en a-t-il ?
Aussitôt la bête innocente
Approche du vautour sans trouble et sans effroi,
Et lui dit : « Votre humble servante,
S'adresse à vous, illustre roi,
Bien souffrante et bien consternée ;
D'un oiseau d'Amérique, humble et vert comme moi,

Me diriez-vous la destinée ? »
L'autre répond : « Parbleu ! je l'ai mangé. »
La perruche à ces mots du vautour prend congé.

En perruches la terre abonde ;
Quand l'intérêt, l'amour, ces deux maîtres du monde
Ont jeté dans nos cœurs leur semence profonde
    A droite, à gauche aveuglément,
Nous cherchons le plaisir où la mort nous attend.

LE CHARRETIER ET LES CHEVAUX.

Une lourde charrette aux flancs pleins de cristaux,
    De verres, bouteilles et pots,
    Enfin, bref, portant du fragile,
Montait une grand'côte en sortant de la ville.
Deux chevaux, amaigris par l'âge et les malheurs,
Traînaient avec effort la voiture pesante,
    Et leur marche pénible et lente
Rappelait à l'esprit Sisyphe et ses douleurs.
Ils imploraient en vain une main secourable.
    Le charretier impitoyable,
    De jurons et d'horribles coups
Les aidait à monter cette côte effroyable.
    L'humanité pourtant habite encor chez nous.
De fatigue excédé, tout suant, hors d'haleine
Enfin jusques au haut l'attelage se traîne.
Un instant de repos ranime sa vigueur,
    Puis, n'écoutant que la fureur,

Vers la descente, au pas vengeur,
Le voilà qui se précipite,
Verres, porcelaines et pots,
Tout cela se heurte et s'agite.
Tout cela monte en l'air et retombe en morceaux :
Le charretier accourt, vomissant de gros mots !
« Arrête, voiture maudite,
Eh! là-bas! Ah ! mon Dieu! mes verres et mes pots! »
L'attelage entend ces propos,
Et descend encore plus vite.
Notre homme, à bout de soupirs et de cris,
Rejoint enfin le char et regarde, surpris :
Il n'y trouva que des débris.
Maudissant sa conduite et criminelle et sotte,
Le cœur du vieux rustre changea ;
Il pleura son malheur et reconnut sa faute ;
Il fit plus, il se corrigea.

Maîtres, laissez aux fous les accès frénétiques ;
Plus de moyens cruels, s'il en est d'énergiques.
Tout écolier se prend au miel de la douceur ;
Placez comme un trésor la crainte dans son cœur,
Non celle du bâton, mais celle du Seigneur.
La douceur fait plier, la violence brise ;

Pratiquez avec soin cette sainte devise,
Et vous direz un jour d'un vrai zèle animé :
Je pourrais être craint, je préfère être aimé.

LE SAGE ET LA STATUE.

Au pied d'une statue un vieux sage, autrefois,
  Laissait tomber son éloquente voix ;
    Un passant le voit et s'arrête :
    — « Encore un fou, dit-il, en secouant la tête ;
Bonhomme, suspendez ces stériles sermons ;
Vous perdez votre temps et gâtez vos poumons ;
Haranguez les humains. »—« Hélas! répond le sage,
A parler aux humains gagne-t-on davantage? »

LE PRINCE ET L'ERMITE.

Un prince fier de sa puissance,
De sa beauté, de sa naissance,
Au sein d'un bois un jour chassant,
Rencontre un vieil ermite, à genoux, regardant
Une tête de mort qu'il retournait souvent ;
Ce prince était sans foi comme sans caractère,
Plus vil que le simple vulgaire ;
Il était élevé, mais il n'était pas grand.
Bonhomme, lui dit-il, d'une voix ironique,
Que faites-vous ainsi devant cette relique ?
Voulez-vous par hasard y lire l'avenir ?
L'ermite lui répond : Je voudrais découvrir
Si ce crâne poudreux et mince
Est d'un mendiant ou d'un prince,
Et je ne puis y parvenir.

LIVRE DEUXIÈME.

—

MÉDOR ET SON FILS.

Médor, illustre chien, avait un jeune fils,
Faible, timide encore et partant bien soumis :
Mais comme la nature en soi-même maudite,
En approuvant le bien au mal se précipite ,
  Son père l'élevait, dit-on,
Dans la crainte des dieux et celle du bâton.
« Mon fils, lui disait-il, éloignez votre vue
  ·Des morceaux bons et prohibés :
Combien de nos pareils honteusement tombés,
  En ouvrant leur bouche goulue
  Aux mets exquis et dérobés !
Ne les imitez point, la vieillesse venue ,

.Les doux larcins, petits ou gros
Souvent sont gravés sur le dos. »
Ainsi parlait l'année entière,
A son fils le père Médor
Et l'enfant l'écoutait encor ;
Mais un vil corrupteur, qu'il appelait son frère,
Accourait et soufflait sur l'ouvrage du père.
« Eh ! quoi, répétait-il au crédule marmot,
Veut-on faire d'un chien un capucin austère ?
Nous avons pour unique lot
D'humbles morceaux gagnés ou pris d'assaut.
On vient encor nous les défendre.
Mon ami, croyez-en le meilleur des amis ;
Le vrai mal est de ne rien prendre,
Et le plus grand est d'être pris ;
Trottons, pillons, volons sur la machine ronde,
Agissons comme tout le monde. »
Le mal s'apprend plus vite que le bien,
Et j'en donne pour preuve, hélas ! mon petit chien.
Un soir, loin du chenil, tout joyeux il s'élance
N'emportant que son innocence.
Aux regards du jeune fripon
S'offre une épaule de mouton
Toute saignante et toute fraîche ;
Il avance, il recule, il la flaire, la lèche,

Et puis....., et puis, cédant à la tentation
   Il y fait une large brèche :
Le maître par derrière arrive à petits pas :
     En vain honteux, l'oreille basse,
     Le coupable demande grâce.
Dans le cœur d'un boucher la pitié n'entre pas.
Il s'arme d'un bâton et frappe sans mesure
     La misérable créature,
   Tant et si bien que le pauvre petit
Au milieu du chemin se traîne et rend l'esprit.

Enfant, veux-tu vieillir sans honte et sans faiblesse,
D'un ami corrompu préserve ta jeunesse ;
Les méchants, les pervers font un peuple nombreux ;
     Fais donc un choix avec sagesse.
Le meilleur des amis est le plus vertueux.

L'OCTOGÉNAIRE ET L'ÉCOLIER.

Certain vieillard octogénaire,
Un de ces bons vieillards que l'on aime et vénère,
        Assis au bord d'un grand chemin,
Roulait préoccupé deux poires dans sa main ;
        Un écolier vient le distraire.
Le vieillard lui sourit et l'interroge ; enfin,
Une poire, une seule est offerte au gamin,
        Un enfant ne refuse guère :
Il la prend aussitôt, la mange et considère
        La main de l'homme généreux,
Pendant que doucement la poire se digère :
« Eh ! bien, que fais-tu là, lui dit l'excellent vieux?»
        — « Monsieur, répond le bon apôtre,
        J'attends que vous me donniez l'autre. »

La femme sait unir la grâce à la beauté ;
L'enfant nous plaît surtout par sa simplicité.

LA DINDE, LE DINDONNEAU ET LA BELETTE.

C'était fête à la basse-cour.
Les bruyants habitants de cet heureux séjour,
Réunis sous la main d'où tombait l'abondance,
Jasaient, parlaient de tout, excepté d'abstinence ;
    Les cris et les hilarités,
    D'ici, de là, de tous côtés,
    Partaient avec un bruit immense ;
    On aurait dit une séance
    De la chambre des députés.
Tandis qu'ainsi cette foule bruyante
    Riait et mangeait tour-à-tour,
Seule, une vieille dinde, amaigrie et dolente,
Au dindonneau son fils, témoignait son amour :
« Je l'adore, le vante, et je devrais me taire,
Dit-elle, car peut-être au prochain carnaval,
Sa tête tombera sous le couteau fatal ;
    Dans un état comme le nôtre,

Naître et mourir sont si près l'un de l'autre ! »
La belette perfide écoutait ces propos,
    Cachée au sein d'épais fagots,
    Elle dit : « J'aurai cette proie,
    Vivent les jolis dindonneaux ! »
    Frémissant d'espoir et de joie
Elle tombe au milieu des malheureux oiseaux,
Et tandis que chacun s'enfuit dans l'épouvante
Elle atteint sa victime et l'emporte mourante.

Avis, bonnes mamans : lorsqu'on voit un enfant
Tomber au sein du crime ou du libertinage,
    On pourrait s'écrier souvent,
    Mère aveugle, c'est ton ouvrage.

LE VENT ET LE MARRONNIER.

Le marronnier touffu, sous l'aile des autans,
 Voyait tomber son beau feuillage ;
 Il se plaignait au dieu des vents.
Le marronnier toujours souffrait même dommage.
« O dieu des airs, dit-il enfin, épargne-moi,
 On me dépouille et je ne sais pourquoi.
 Que t'ai-je fait ? Lorsque viendront en nombre,
 Femmes, enfants, demander un peu d'ombre,
  Et lorsque les petits oiseaux
 Voudront chanter sur mes humbles rameaux,
Ou déposer leurs nids dans mon feuillage sombre,
 A ma douleur sera-t-il rien d'égal ?
 Nu, dépouillé, squelette végétal,
Je vivrai dans l'ennui vivant dans la misère;
J'aime à faire du bien et n'en pourrai pas faire. »
Une voix lui répond : « Marronnier généreux,
 Le dieu des airs t'admire et te pardonne.

Du gai printemps au sombre automne
Verdira ton feuillage épais et vigoureux.
    Ta conduite est noble et bien rare,
    Tu vis heureux par tes bienfaits
Et goûtes des plaisirs inconnus à l'avare,
Que ton exemple saint le condamne à jamais. »

O riche, sois heureux, si tu verses l'aumône ;
Il est doux de la prendre et beau de la donner.
Cet or que tu répands formera ta couronne :
A qui donne beaucoup on doit bien pardonner.

LE ROSSIGNOL ET LE SANSONNET.

Le rossignol chantait sur la branche fleurie.
« — Seigneur, lui dit le sansonnet,
Ne vous souvient-il plus des forfaits dont la pie
Chargeait, avant-hier, votre innocente vie ?
    On ne distingue, en votre beau couplet,
      Nul accent de mélancolie. »
    L'autre répond : — « Margot a beau crier,
      M'insulter, me calomnier,
Je méprise les traits de sa langue ennemie :
      L'art de vivre est l'art d'oublier. »

L'ENFANT ET LA ROSE.

Une gentille enfant regardait une fleur,
  Belle, éclatante au lever de l'aurore,
  Deux jours après elle la vit encore,
    Mais aux pieds du passant moqueur,
Et l'enfant la nomma : la rose du malheur.
« O rose du malheur, dit-elle, fleur trahie.
    Pourquoi, déchirée et flétrie,
    Voltiger seule en ce chemin ?
    Faut-il accuser le destin ? »
    « J'étais au milieu du jardin,
    Fraîche et nouvellement éclose,
Répond-elle ; un seigneur entre et cueille une rose.
C'était moi. De sa main que je dus embaumer,
J'entrai dans un salon, brillante, épanouie.
Avec mes doux parfums ma beauté s'est enfuie ;
    L'ingrat a fini de m'aimer
    Quand j'ai cessé d'être jolie.

Et maintenant, objet du céleste couroux,
  Aux caprices des vents jaloux
  Je livre mes feuilles impures.
 De mon malheur, enfants, souvenez-vous,
Mettez votre innocence à l'abri des injures.
Le temps efface tout, excepté nos souillures. »

LES DEUX AMIS.

Deux gros bourgeois, anciens amis,
Je veux dire amis de collége
Au fond d'une voiture et sur le même siége
Un jour se lorgnaient indécis :
Après quelques vagues récits
On renoue enfin connaissance.
Profitant d'une heure d'arrêt,
On descend de la diligence
Pour entrer dans un cabaret.
Jusque là point de mal. Un vin bon et clairet
Chauffe d'abord la tête et la poitrine.
On parle, on boit, le reste se devine :
On déraisonne, en croyant parler bien ;
On dogmatise et l'on ne croit à rien ;
A rien ? s'entend : on adorait Voltaire ;
On peut l'aimer et n'être pas notaire,

Greffier, commis et fils d'apothicaire.
Enfin nos gens d'un air fort sérieux
Vont attaquer des points religieux,
On argumente : à grands frais de langage
On dit ce que l'on sait et même davantage,
Le bon vin coule à flot, on peut boire et causer ;
Pour que l'amitié croisse il la faut arroser.

    Mais il trahit ce jus des treilles !
    Et plus avancent les bouteilles
    Plus la raison perd du terrain.
    Après un infâme refrain,
    Plat souvenir d'un passé libertin,
    On entame une polémique,
De mots en mots, de réplique en réplique,
    Tombent des fleurs de rhétorique
    Comme il en pleut au cabaret,
    A la caserne, à l'audience,
Partout enfin où règne la licence.
Enfin à coup de poings une lutte commence.
La maîtresse aussitôt hors du logis s'élance,
Vers le chef de police accourt en gémissant :
« Tout à l'heure, dit-elle, il va couler du sang,
    Vite, monsieur le commissaire ! »
Le commissaire arrive, empressé, menaçant

Et trouve nos amis tous les deux s'embrassant.
Ainsi se termine l'affaire.

Duellistes, joueurs, plaideurs et potentats,
C'est ainsi que devraient finir tous vos débats.

LE LION, LE LIONCEAU ET LE LOUP.

Le Lion, arrivé d'un périlleux voyage,
Reposait, fatigué, dans son antre sauvage.
Pan! pan! « Holà! qui frappe à la porte du roi, »
Dit seigneur lionceau? Le loup répond : « C'est moi.
J'apporte, prince, au grand roi, votre père,
  Un modeste petit agneau ;
Il est tendre, il est gras ; une autrefois, j'espère
  Faire un présent un peu plus beau. »
— « C'est fort bien, ajouta le joyeux lionceau ;
  A mon papa je vais le dire. »
L'enfant court vers le roi disant : — « O noble sire,
Le loup, notre voisin, demande à vous parler. »
  — « Le misérable ! il ose encore
  Approcher d'un roi qui l'abhorre ?
  Hâte-toi de lui rappeler
Le jour où pourchassé par le tigre en furie,
Je cherchais en courant une retraite amie :

Il me repoussa lâchement ;
Il me faut bien venger, et voici le moment. »
Le lionceau repart : — « Mais il tient sur l'échine
    Un bel agneau qu'il vous destine. »
— « Ouvre-lui vite, mon enfant ;
Car, sans doute, ce loup généreux et galant,
S'il m'avait reconnu, loin de fermer sa porte,
    M'eût accueilli d'une autre sorte. »

    Souhaitez-vous des croix, des mentions,
    Des faveurs et des pensions ?
Voulez-vous adoucir tel employé farouche ?
Payez dîners, galas... Croyez-moi, ces messieurs,
    A votre conduite un peu louche
    Applaudiront à qui mieux mieux ;
    Plus on leur fait ouvrir la bouche,
    Plus on les voit fermer les yeux.

L'ANE, LE ROSSIGNOL ET LE SERIN.

Un jeune roussin d'Arcadie,
Avec certain cheval allait de compagnie
    Ronger l'herbe au bord du chemin;
Ils entendent chanter, au sein de la prairie,
    Le rossignol et le serin.
« L'âne dit : « Sots oiseaux, vous essayez en vain
    De charmer, par votre ramage,
    Les habitants du voisinage ;
On vous siffle; et moi-même, un baudet, je prétends
Effacer vos duos de mes sons éclatants :
    Je chanterai donc, pour vous plaire,
    La chanson de mon défunt père. »
    Notre âne alors se met à braire,
    Puis, se dressant avec transport :
« Eh ! voyez-vous, dit-il, comme je chante fort !»
    Camarade, aussitôt s'écrie
    Maître cheval, témoin de sa folie,

« Tu fais du bruit, c'est vrai, mais non de l'harmonie ;
A la ville, à la cour, dans les champs, en tous lieux,
Qui chante le plus fort ne chante pas le mieux.
Ecoute de mon père une vieille sentence :
    L'orgueil est fils de l'ignorance.

JUPITER, LA COLOMBE ET LE SERPENT.

Aux pieds de Jupiter la colombe innocente,
    Humblement, un jour se présente,
    Portant au bec un lis frais et charmant.
Elle le donne au dieu qui sourit et le prend.
    Après elle vient un serpent
Fier, empressé, levant une tête arrogante.
    Il offre un cadeau précieux
    Au puissant monarque des cieux.
« Reprends, lui dit Jupin, ce don que je déteste !
Ton souffle, en le touchant, l'a rendu sans valeur.
Le cadeau qui me plaît est souvent bien modeste.
Je regarde, du haut de la voûte céleste,
    Non dans les mains, mais dans le cœur. »

LA ROSE ET L'ABEILLE.

La rose disait à l'abeille :
« Mes parfums, ma couleur vermeille
Expliquent ma célébrité. »
L'abeille lui répond avec sincérité :
« L'humble violette est plus belle
Dans sa noble simplicité :
La voit-on se livrer au passant effronté ?
De ses vertus se prévaut-elle ?
O rose, exaltez moins votre éclat trop vanté :
Modestie et pudeur passent grâce et beauté. »

LE CHAT ET LES RATS.

La raison du plus sage est toujours la meilleure :
Je le montrerai tout à l'heure.

Un chat appelé Grand'gosier,
Au sein d'un paisible quartier
Semait la mort et l'épouvante.
Rats et souris, en vain, se cachaient éperdus,
Rats et souris tombaient sous ses griffes puissantes.
Il marchait escorté d'un peuple de goulus,
Et, dans ses fureurs homicides,
Ce nouveau Tamerlan dressait des pyramides
Avec les têtes des vaincus.
— « Ah ! ça, dit un vieux rat autrefois capitaine,
Comptons-nous : Un, trois, huit, voilà bien la douzaine,
Avec cela ne pourrait-on
Former un petit bataillon,

Nous cacher vers la porte ou près de la fenêtre,
Et, lorsque nous verrions le glouton apparaître,
Lui courir sus ensemble et bien d'accord,
Le prendre par derrière et lui donner la mort ?
Examinez, messieurs, le plan que je propose ;
Le courage peut tout, il suffit que l'on ose. »
Un pieux solitaire, un autre Levantin,
  Habitant un grenier voisin,
 Avance et dit : « Mon honoré confrère,
  Je propose un avis contraire.
Grand'gosier est gourmand, terrible, scélérat,
  Ennemi né du peuple rat ;
L'attendre et l'attaquer me paraît téméraire ;
  En un clin d'œil, en moins de temps
Il ouvrira la bouche et nous mettra dedans.
Cachons-nous dans un trou profond, impénétrable,
  Et là, sans bruit, munis contre la faim,
  Prions le ciel, aux petits favorable ;
  Jamais les dieux ne sont priés en vain. »
  On se regarde, on chuchote, on hésite ;
Enfin on applaudit au conseil de l'ermite.
  Le vieux rat se lève aussitôt !
« Quoi ! dit-il, vous suivez le plan de ce bigot ?
  A vous tous, foi de capitaine,
  Je prédis une mort certaine. »

La bande lui répond en se cachant soudain.
   Grand'gosier, terrible et farouche,
Entre, le soir, portant le vieux rat à la bouche :
   Il l'avait pris sur son chemin.
Dans le grenier, il court, il examine,
D'ici, de là, partout il promène les yeux :
« Partons, dit-il enfin, ce lieu sent la famine. »
Il part. Les rats bientôt du mur sortent joyeux,
   Bénissant l'ermite et les dieux.

   Je reviens donc à mon adage :
La raison la meilleure est celle du plus sage.

LE COLLEGIEN ET LE GARDE-FOU.

Avec quatre planches légères,
Sur un ruisseau large et profond
On avait fait un petit pont ;
Et comme en cet endroit bergers, propriétaires,
Passaient et repassaient allant je ne sais où,
Ce pont avait un garde-fou.
Un collégien de village,
Jeune étourdi que le latin
Avait rendu non moins sot mais plus vain,
Un jour méprisait cet ouvrage.
« Eh ! parbleu, disait-il, avec un fier dédain,
Belle précaution ! pense-t-on qu'à mon âge
On ne peut franchir ce passage
Sans garde-fou, sans appui-main,
Nous verrons : » A ces mots il arrache, mutile,
Cet appui-main, bois inutile
Qu'un propriétaire imbécile

A, sans doute, dit-il, rêvé dans son cerveau.
Son travail terminé, sur la planche fragile,
    Le voilà qui s'avance agile,
Songeant à son exploit, un peu plus qu'au ruisseau;
    Il glisse et tombe au fond de l'eau.

Lois, préceptes, conseils où notre âme s'appuie,
Garde-fous précieux de l'homme et de l'enfant,
    Sans votre secours tout puissant
    Qui pourrait traverser la vie ?

L'ABEILLE ET LE LIMAÇON.

L'abeille dit un jour au seigneur moucheron :
   « Regardez ce gros limaçon,
Traînant avec effort son obscure maison,
   Sa famille, tout son ménage :
   Pauvre insecte et triste équipage !
   Et pourtant voyez ce sillon,
Ces longs traits argentés qu'il laisse à son passage;
   On dirait un grand personnage. »
Le moucheron repart : « Sans doute ; et cependant
   Tout cet éclat n'est qu'apparent.
   J'ai voulu, selon ma coutume,
Voir ce qu'était au fond ce sillon si brillant :
   Ce n'était que bave et qu'écume. »

A plus d'un livre, hélas ! convient ce trait profond :
Du brillant, de l'éclat, et de la bave au fond.

LES PINSONS ET LA CHOUETTE.

Au pied d'un mont géant, noir séjour des tempêtes,
S'élevait un grand arbre où nichaient des pinsons ;
    Dans le nid on voyait les têtes
    De quatre petits oisillons
   Gais, tapageurs, d'un naturel volage,
Et montrant un esprit plus vieux que leur plumage.
Leurs bons parents aussi, d'un œil fier et jaloux
Les montraient aux oiseaux de tout le voisinage,
    Plaisir légitime et bien doux :
    Depuis tantôt une semaine
La famine cruelle aux longs doigts amaigris,
Promenait son squelette à travers le pays.
Père et mère pinson dans la crainte et la peine,
Dirent à leurs petits : « Priez, jeunes enfants,
Car pour l'oiseau du ciel s'ouvre un rude printemps.
    Là bas, derrière ces montagnes,
    Il est de fertiles campagnes,

Ainsi l'ont assuré des gens dignes de foi.
Nous y prenons l'essor...Vous pleurez, et pourquoi?
    Ignorez-vous notre misère,
Ou voulez-vous mourir sous l'œil de votre mère ?
    Vivez contents, vivez unis,
    Vous défiant de tous nos ennemis,
    Chouette, enfant, oiseleur et le reste,
Fléaux aussi cruels que la faim et la peste.
Ce voyage pénible à grand vol se fera ;
    Un jour au plus nous suffira. »
Cela dit, dans les airs notre couple s'élance,
    Plein de tristesse et d'espérance,
La nuit vient : les petits, déjà moins soucieux,
    Au doux sommeil livrent leurs yeux,
    Et lorsqu'au ciel parut l'aurore,
Le lendemain ils dormaient tous encore.
Age heureux ! Cependant on s'éveille à la fin,
    En s'écriant : « Mère, nous avons faim. »
A leurs gémissements, la Chouette attentive,
Haletante, affamée, au bord du nid arrive.
    « Allons, dit-elle, mes petits,
Dans mon cœur maternel déposez vos soucis,
Vous souffrez ? — Hélas ! oui, la faim nous aiguillonne ;
    — Et vos parents, mes bons amis ;
    N'appartenez-vous à personne ?

— Nous avons des parents chéris,
Mais voyant la misère en notre humble logis,
Dans l'espoir de trouver un butin nécessaire,
    Là bas, bien loin, ils sont partis.
  — Et maintenant que prétendez-vous faire,
    Seuls en ce malheureux pays,
Exposés à la faim, aux vents, aux ennemis ?
Avancez, approchez de votre bonne mère,
Ah ! combien, tous les ans, de semblables petits
En passant par mon bec montent au paradis !
  Partez ! au ciel vous trouverez, sans doute,
    Vos bons parents, deux étourdis
Que l'implacable mort aura frappés en route. »
    Après ces mots, nos oisillons trahis,
    S'en vont ensemble au noir rivage.

    Notre esprit chagrin et volage
  La nuit, le jour entreprend maint voyage,
  Dans le pays de l'or et des illusions :
    Craignons un perfide mirage :
  La douleur et la mort peuplent ces régions..
    Nous nous trompons d'étrange sorte,
    Lorsque au loin nous allons courir ;
L'aisance et le bonheur gisent à notre porte ;
    C'est à nous de savoir ouvrir.

LES DEUX FRÈRES.

Deux frères, autrefois sages et bons amis,
Jouissaient des plaisirs que l'amitié dispense ;
    Mais un jour la discorde avance
    Et divise ces cœurs unis.
Un soir, après un jour de course dans la plaine,
    Pour rafraîchir leur aride gosier,
    Ils montent sur un cerisier ;
De branche en branche on saute, on se promène,
Le besoin, le plaisir en ce lieu les enchaîne.
Mais voilà que s'élance avec plus de fureur
Le serpent de la haine assoupi dans leur cœur ;
    Une cerise, un rien amène la dispute,
    On s'injurie, on se menace, on lutte
    Des pieds, des mains violemment ;
    Mais le combat ne dure guère :
Soudain la branche casse et les voilà par terre
    Gisant tous deux sans mouvement.

Ah ! du moins, si tout près était leur pauvre mère,
Mais, las ! par même un étranger,
On dirait que le ciel a voulu se venger
De leur haine et de leur colère.
Enfin l'un d'eux avec effort,
Lève la tête et dit : « Ah ! mon frère, es-tu mort?
— Non, mon frère, et toi ?—Pas encore,
Mais un grand chagrin me dévore.
Nous sommes deux méchants, soyons bons désormais
Que dans l'affection, la charité, la paix,
Un baiser fraternel nous unisse à jamais !
Aimons-nous : n'est-ce pas le vœu de notre mère ?
Nous avons vécu désunis
Aussi le ciel nous a punis. »
Après ces mots suaves, pleins de charmes,
Entremêlés de sanglots et de larmes,
A la maison, clopin clopant,
On s'en alla tout doucement :
Ils guérirent bientôt sans docteur ni remède,
Et le bon Dieu leur vint en aide !

LA JEUNE FILLE ET SA MÈRE.

Une enfant sage, intelligente et belle,
S'écriait au fond d'un jardin,
En contemplant la rose et l'immortelle :
« Que différent est leur destin !
La plus humble vit éternelle,
Et l'autre, hélas ! mourra demain.
Maman, ne saurais-tu m'éclaircir ce problème ? »
La mère, embarrassée un instant elle-même,
Lui dit : « Ma chère enfant, vois-tu :
Dieu montre encore ici la sagesse suprême :
Il a fait de ces fleurs l'emblème
L'une de la beauté, l'autre de la vertu. »

LE ROSSIGNOL, LE CHARDONNERET
ET LA TOURTERELLE.

Rossignol et chardonneret,
Deux illustres chanteurs habitant un bosquet,
Après un malheureux voyage
Rentrent au milieu du feuillage
Où reposaient leur famille et leurs nids.
Ils avancent contents, hélas ! plus de petits.
On voltige, on cherche, on appelle,
Et nul cri ne répond à la voix maternelle.
Ils volent chez la tourterelle
Porter leur désespoir ainsi que leur malheur.
Au lieu de compatir à leur juste douleur.
— Ah ! vous pleurez ! pleurez, leur répond-elle,
Imbéciles petits oiseaux ;
Ces malheurs ne sont pas nouveaux
Aux étourdis de votre espèce.
Pour ces faibles enfants vous manquiez de tendresse.

Vous avez péché gravement.

Soir et matin dans vos prières

Demandez au ciel vivement

Le pain de chaque jour et plus de jugement.

Eh ! qui sait ? recueillis par des mains étrangères,

Sont-ils plus malheureux, ces pauvres nourrissons

Que vous forciez peut-être à vivre de chansons. »

Ainsi parla la tourterelle.

Alors la tendre Philomèle

A son ami dit tristement :

« Portons ailleurs notre tourment :

Car, hélas ! cette pauvre bête

A plus perdu que nous : elle a perdu la tête. »

Chez les Hurons et même ailleurs,

La tourterelle a des imitateurs :

Un homme vraiment charitable

N'a jamais distingué l'innocent du coupable :

A tous ceux que poursuit la faim ou la douleur,

Il ouvre sa porte et son cœur.

LE BOEUF QU'ON VEUT ÉLIRE ROI.

Un bœuf puissant, l'honneur de son canton,
Rêvait un soir penché sur le sillon.
Un renard, portant un message,
Humblement se présente auprès du personnage
Et lui dit : « Nos seigneurs les loups,
Les tigres, les lions, les buffles, enfin tous,
Las de l'état démocratique,
Veulent tâter du monarchique,
Et leur choix s'arrête sur vous.
Seigneur, vous méritez cette faveur insigne :
On donne le sceptre au plus digne.
Le bœuf lève la tête et répond gravement :
« Ce métier là répugne à mon tempérament,
Néanmoins, comme d'ordinaire,
Pour m'éviter de longs regrets,
J'agis avec lenteur dans les graves projets,
Je voudrais un instant ruminer cette affaire. »

« Seigneur, dit le renard, pourquoi s'épouvanter,
La couronne est légère à qui sait la porter.
    Les animaux en cour plénière
Vous ont tous reconnu du sens, du jugement,
Du zèle, des vertus, des qualités sans bornes,
Et de l'esprit jusques au bout des cornes.
Qui peut vous arrêter? Le climat, les amis,
    Assez rares dans nos pays?
    Enfin les chances de la guerre?
    Mais aussi, bon Dieu! quel salaire!
    Manger toujours et ne rien faire,
Commander à chacun, devenir gros et gras,
    Est-il un sort plus doux sur terre?
Ayant ainsi parlé (pouvait-il parler mieux)
    L'animal se rend à ses vœux :
Dans la forêt voisine ils arrivent tous deux.
Des carnassiers accourt la foule impatiente,
    C'est le renard qui les présente.
Le nouveau roi déjà se trouble et se tourmente :
On l'entoure, on le presse, on lui fait compliment
    Sur son embonpoint de géant ;
On lui donne les noms de monarque et de sire ;
    Le renard se cache pour rire :
    « Sot animal, disait-il, à part soi,
    Te voilà sire, oui, comme moi. »

Les compliments finis, le carnage commence,
    Jeunes et vieux chacun s'élance
Sur le pauvre animal, qui s'écrie abattu :
« Maudite ambition, c'est toi qui m'as perdu. »

LE RENARD ET LE LOUP-CERVIER.

Fripon renard sortait d'une volière,
   Chargé d'un coq et d'un pigeon :
Un loup-cervier, personnage glouton,
   A pas pressés le suivait par derrière ;
Il l'atteint et lui dit : « Dépose ce fardeau.
— Mais, seigneur...—Point de mais, il me le faut, te dis-je.
— Ah ! du moins laissez-moi ce faible pigeonneau :
   Un serment solennel m'oblige
D'empoisonner un lâche, un de mes vieux amis,
   Et je viens d'un lointain pays
   Acheter ces deux volatiles ;
Ils ont le corps rempli de poisons et d'onguents,
Leur apparence est belle et la mort est dedans.
   — De ces oiseaux je n'ai que faire,
   Lui dit la bête sanguinaire,
Je riais : va, nigaud, va, poursuis ton chemin. »
   Aussitôt le renard malin,

Au lieu d'empoisonner son frère ou son voisin,
Doucement se retire au fond de sa tanière,
Et là paisiblement déchire son butin.

De vieux renards le monde est plein ;
N'abusons pas de leur faiblesse :
On les prend par la force, ils prennent par l'adresse.

LE PRINCE ET LES GALÉRIENS.

Il est un lieu de sûreté,
Monde abject qu'ont peuplé la misère et le vice,
Et sur lequel pèse, irrité,
Le bras vengeur de la Justice :
Je veux parler du bagne. En ces cachots affreux,
Entre un jour, sans éclat, un prince valeureux,
Sensible, bon et généreux,
Clément surtout. Charmé de sa présence
Le condamné déjà songe à sa délivrance :
Jeunes et vieux, faibles ou menaçants,
Tous, en chœur, font frémir la voûte
De leurs vivats reconnaissants.
Après ces doux transports, bien mérités sans doute.
Le prince avec bonté leur parle, les écoute,
Leur demande le jour, jour de honte et d'horreur,
Où glissèrent leurs pieds au sentier de l'honneur.
Chacun alors se justifie :

L'un accuse le sort, l'autre la calomnie,
D'autres à la misère accordent certains droits ;
Puis ceci, puis cela, puis enfin la Justice
  Dont les balances quelquefois,
Penchent où tombent l'or, non où tombent les lois ;
  Enfin ces vétérans du vice
  Montrent un cœur innocent ou novice,
Et si du vrai, du bien le grand prince est jaloux,
  Il doit ouvrir la porte à tous.
  Je me trompe : il fut un coupable!
  Un vieillard, horrible assassin,
  Dont la jeunesse misérable
Achetait des plaisirs au prix du sang humain,
  Se lève et dit : « Prince, ma vie
Fut toute cruauté, honte, opprobre, infamie ;
Aussi, plus malheureux, j'allais dire plus franc
  Que la foule de mes confrères,
  Je viens m'asseoir au premier rang
Des vagabonds plongés dans les galères.
Renier ses forfaits est un crime nouveau.
  Je les maudis, les avoue et les pleure,
  Bénissant Dieu dans ma demeure,
  Dieu qui m'a sauvé du bourreau. »
  Le prince transporté d'une feinte colère,
  Se lève et dit d'un ton sévère :

« Quoi ! parmi tant d'honnêtes gens,
On souffre un homme sanguinaire !
Loin d'ici le bandit qui, sans tarder longtemps,
Corromprait leurs cœurs innocents. »

L'ordre est exécuté. Plein de reconnaissance,
Le forçat sort joyeux de l'horrible prison,
Convaincu par expérience
Que l'aveu d'une faute en obtient le pardon.

L'AGNEAU ET SA MÈRE.

Un jeune agneau disait à la brebis, sa mère:
— Voilà bientôt un mois que le bouc en colère
Tua Robin mouton; depuis lors tout honteux,
Il ose à peine au ciel lever les yeux.
Ce long remords m'étonne, je l'avoue,
Doit-il encor longtemps assombrir ses beaux jours?
— Tache de sang n'est pas tache de boue :
L'une peut s'effacer, l'autre dure toujours.

6

L'ENFANT DÉNICHEUR

D'un jeune enfant suivie, une veuve, une mère,
Se promenait un soir dans un clos solitaire.
« Ecoute, Ernest, dit-elle. » Ernest à ce seul mot
  De sa mère approche aussitôt.
Au pied du mur celle-ci se retire,
  Et du doigt lui fait voir un nid,
  Lui commandant de n'en rien dire.
  L'enfant dix fois le lui promit.
  Promettre est commun au jeune âge,
Manquer à sa parole encor l'est davantage.
  Dans le verger, le lendemain,
  Il entrait avec un voisin
  De ses amis le plus fidèle,
  Chargé de faire courte-échelle.
Son ami donc, au pied du mur, péniblement,
  Se tient immobile un moment ;
Ernest approche et sur son dos s'élance,

Tandis que son cœur bat de peur et d'espérance,
　　Cri profond de la conscience,
　　Qui s'élève contre ses torts :
　　Le mal porte en lui le remords.
Il se dresse pourtant, retourne un peu la tête,
　　Car un regard, un bruit, un rien,
　　Pourrait en deuil changer la fête,
Puis, au mur se cramponne et se tient bel et bien.
« Les vois-tu, s'écriait l'impatient compère? »
« Pas encor, répondait le grimpeur téméraire. »
　　Heureux s'il eût vu la vipère
　　Cachée au sein du nid menteur ;
Mais, avide, inquiet, l'imprudent dénicheur
Avance, touche au nid, palpitant de bonheur ;
　　Las ! ce bonheur ne dura guère !
　Au même instant s'élance la vipère
　　Qui pique l'enfant à la main.
　　L'enfant pousse un cri de détresse,
Perd l'équilibre et tombe ensanglanté.
　　Son compagnon, épouvanté,
　　Loin de lui prouver sa tendresse,
　　Ne montre que sa lâcheté :
A travers champs il s'enfuit et le laisse.

Que devint le blessé? l'histoire n'en dit rien,

Mais en traits pareils elle abonde.
Indociles enfants, jeunesse vagabonde,
De celui-là profitez bien.

LE SINGE, LA GUENON ET LE LYNX.

A l'ombre d'un chêne géant,
Un lynx blessé reposait doucement.
Tandis qu'il cherche à calmer sa souffrance,
Sur l'arbre un couple se balance,
Saute, ricane, joue et danse,
C'était un singe et sa guenon ;
Est-il besoin de vous dire leur nom ?
Le singe croit la bête aux bords de l'Achéron.
« Eh ! là bas, lui dit-il en inclinant la tête,
De quel mal souffrez-vous, philosophe des bois ?
Aujourd'hui qu'en ces lieux le hasard vous arrête,
Contez-nous un peu vos exploits.
Pas le mot? voyez-vous quelle sotte personne ?
Tête de lynx, jadis intelligente et bonne,
Paraissait pleine de bon sens :
Aujourd'hui j'y remarque autre chose dedans. »
La guenon à son tour dit, d'une voix mignonne,

A son mari: Tais-toi, sot insulteur de gens,
    Admire cette bourre épaisse
    Dont est couverte son altesse.
    Et ces regards fiers et brillants ;
Oh ! les lynx ! il n'est pas espèce plus aimable !
    Ils sont galants, sages, polis.
  Le Créateur d'une étoffe semblable
    Eut dû faire tous les maris.
    Enfin voilà son altesse bourrue
    Qui nous regarde et se remue.
Il remue en effet, se lève et, frémissant,
    Leur jette un coup d'œil menaçant.
Alors on voit trembler nos bêtes étourdies ;
    Plus de bons mots, de singeries.
Le terrible animal grimpe en haut, les saisit,
    Et. devinez ce qu'il en fit.
    Après cette vengeance horrible,
  Il descendit, satisfait et paisible.

Gens d'esprit et rieurs, plaisantez à propos ;
Il faut souvent du sang pour payer de bons mots.

LIVRE TROISIÈME.

—

LA JEUNE FLORE ET LA PAYSANNE.

A cet âge ignorant où, ne songeant à rien,
    On possède avec l'innocence
La grâce et la candeur, doux trésor de l'enfance,
Flore était jeune et belle et le savait très-bien.
Et comment l'ignorer, quand la folle jeunesse,
Les parents, les miroirs, le répètent sans cesse,
    Lui promettant joie et bonheur !
Aussi le compliment, tant fût-il ridicule,
Eclatait sur son front et tombait dans son cœur,
    Plein de parfum et de douceur.
    Fille jolie est si crédule !
Le bon sens à la fin triomphe sans retour.

Dans le village, passe, un jour,
Une jeune et belle fermière
Sans parure et pourtant admirée en tous lieux ;
Les curieux, rassemblés derrière elle,
Vont s'écriant : O Dieu ! comme elle est belle !
Au même instant, baissant les yeux,
Flore sent rougir son visage,
Rentre dans sa maison, moins altière et plus sage,
Vante la modestie et marche sous sa loi.

Il n'est si bon miroir que plus belle que soi.

LE POULET ET LE RENARD.

Certain poulet, vif, léger et charmant,
Au haut d'un mur courait étourdiment :
Un vieux renard approche et le regarde,
En lui disant d'une voix papelarde :
Beau poulet, descendez, et causons un moment.
Voyez : la pénitence a gâté mon visage.
    Je viens d'un long pèlerinage,
      Où j'ai bien souffert, Dieu merci !
Cela vous dit qu'enfin me voilà converti.
Vous souriez, méchant ! vous ignorez encore
    La charité qui me dévore.
    — Et vous, Seigneur, vous oubliez
Que je n'ai pas de dents et que vous en avez.

Le monde est plein de gens éclatants d'apparence,

Aux beaux discours, aux doux regards,
Ils veulent notre bourse ou bien notre innocence.
Défions-nous de ces renards.

LES DEUX TAUPES.

« Ecoute, dit un jour une taupe à sa sœur,
    · Au milieu d'une nuit profonde,
    Loin des regards et loin du monde,
Nous vivons sans plaisir ainsi que sans honneur,
    Et de qui nous vient ce malheur ?
De l'homme, un animal puissant et sanguinaire
    Qui ne vaut rien ou ne vaut guère.
    Ecoute un projet sans pareil :
    Un astre malheureux l'éclaire ;
    Eteignons ce brillant soleil.
    Je le hais ce globe vermeil !
De mes poumons gonflés s'échappe un souffle immense,
Ne puis-je l'envoyer jusqu'à l'immensité,
    Eteindre l'astre à sa naissance
    · Et couvrir tout d'obscurité ?
Admirable trouvaille, eh ! — Fort bien. — Je commence.
    Voyons ! déjà mes deux poumons,

S'enflant ainsi que des ballons,

Semblent arrêter un nuage ;

Voyez ! le ciel est noir comme en un jour d'orage,

Distinguez-vous, ma sœur ? — Je vois encore aux cieux

Des nuages fuyant un soleil radieux,

Rien de plus. — Rien de plus ? du dieu que je pourchasse

Par degré s'obscurcit la face ;

Au loin élancez vos regards

Et, remarquez, la nuit tombe de toutes parts.

— La nuit, ma sœur ! La nuit ? ou vous perdez la vue,

Ou j'ai moi-même la berlue.

Je regarde les airs et ne vois rien du tout,

Sinon un astre au ciel et ses rayons partout.

— Alors donc, soufflons davantage.

— Oh ! non, ma sœur, descendez du nuage

Où vos pensers ont pris l'essor :

Vous avez fait un rêve d'or,

Je ne dis pas un rêve sage.

Rentrons vite en notre logis,

Où nous attendent nos petits

Et, de nos bons aïeux, suivant l'antique usage,

Employons nos talents au profit du ménage.

Cette taupe avait du bon sens ;

Hélas, dans le siècle où nous sommes,
Peut-on en dire autant des hommes ?
Je tiens d'eux les propos suivants :
— « Au fond de l'abîme où vous êtes,
Remuez-vous, peuples, enfants !
L'orage féconde les champs.
Le bonheur des humains sortira des tempêtes. »
Projet absurde et risible conseil,
C'est la taupe essayant d'éteindre le soleil.

LE MULET CHARGÉ D'OR.

Un mulet chargé d'or avançait doucement,
　　Rongeant philosophiquement
　　Une mince botte de paille.
Quatre soldats armés le suivaient bravement,
Éloignant avec soin les mains de la canaille.
　　Un avare les aborda
　　Et poliment leur demanda
　　Pourquoi semblable nourriture
　　Était donnée à la monture ?
« De la paille, bon Dieu ! mais un simple mâtin
　　Est mieux nourri chaque matin.
　　N'est-il donc plus de cœur dans l'homme
Pour traiter de la sorte une bête de somme ?
Un baudet chargé d'or forcé de vivre en gueux
　　Est le pire des malheureux. »
L'un d'eux, reconnaissant le seigneur pince-maille,
Lui dit : « Vous déplorez le sort de ce mulet,

« Y Songez-vous ! Plaignez Harpagon, s'il vous plaît,
Un sot qui chargé d'or se prive encor de paille. »

Eh ! sans doute, pitié pour cet homme maudit
Dont le cœur est de bronze et le front de granit,
Il compte, entasse l'or et méprise le reste ;
Mais un jour, accablé sous un fardeau d'écus,
Et croyant pénétrer au temple des élus,
Il tournera les yeux vers la porte céleste
    Où ces mots sont inscrits dessus :
    — « Ici n'entrent que les vertus. »

LE RENARD MOURANT ET SES ENFANTS.

Un vieux renard, accablé de souffrance,
Descendait, sous le poids du crime et du remords,
    Au sombre royaume des morts.
    Un chevreuil, son ami d'enfance,
    De sa pauvre âme ayant souci,
Accourut et lui dit : « Tu vas cesser de vivre,
Ne crains-tu pas d'aller au séjour des méchants !
Hâte-toi, restitue en ces derniers moments ;
La gourmandise aveugle et le plaisir enivre,
Mais aujourd'hui, courage ! et lègue à tes enfants,
Au lieu d'un gras gibier, un bel exemple à suivre,
Voudrais-tu résister à mes désirs pieux
    Alléguant la bonté des dieux ?
Le plus léger larcin est un crime à leurs yeux,
Réfléchis. » A ces mots sortit le solitaire.
    Les trois renardeaux avertis
    Accourent auprès de leur père.

« J'ai vu, dit celui-ci, l'un de mes vieux amis ;
  Il m'a donné certain avis,
  Un avis sage et salutaire,
  Il convient qu'il vous soit transmis ;
Approchez. Aujourd'hui ma douleur est profonde;
  Près de tomber dans l'autre monde,
  Malgré moi, mes regards blessés
S'arrêtent effrayés, sur mes crimes passés.
Depuis mes premiers jours, ces beaux jours de l'enfance,
  Pleins de parfum et d'innocence,
J'ai du sang le plus pur rougi bien des chemins,
  Et commis nombre de larcins.
Pourtant le ciel clément m'accorde le courage
De rendre au moins un peu de ces biens mal acquis,
  Et d'ébrécher votre héritage
  Pour conquérir le paradis.
J'irriterais le ciel en tardant davantage.
Ainsi poulets, canards, lapins, dindons,
Beaux morceaux ménagés pour des jours moins prospères,
Eh bien ! ces doux objets pris en divers cantons
  Rentreront aux propriétaires.
Confiez-vous aux dieux dans les rudes saisons. »
«—Père, reprit l'aîné, nous sommes gens honnêtes,
  Laissez les repentirs aux loups.
Nous livrons des assauts ; dans l'état où vous êtes

Vous appelez larcins le fruit de ces conquêtes !
 O mon père, réveillez-vous ,
Et pardonnez un discours trop sincère ;
Je songe à vos enfants, car vous n'y pensez guère.
Eh quoi ! lorsqu'un bigot, par le gain alléché,
Sous l'habit d'un chevreuil grossier et mal léché,
 Vous montre l'éternelle flamme,
Votre esprit affaibli recule épouvanté !
 Vous croyez donc avoir une âme ?
 Et l'aurions-nous, en vérité,
Les dieux oseraient-ils frapper de leurs colères
Ces faciles erreurs de la patte ou des mains,
 Enfin, ces péchés ordinaires
 Aux bons renards comme aux humains ?
 Oh ! non ! non ! plus de confiance ;
 A nous tous le ciel est promis,
 Et, si j'en crois ma conscience,
Nous ne ferons qu'un saut de terre en paradis. »
Le malade écoutait. La Mort vient et l'emporte,
Fut-il heureux ou non, haut ou bas, il n'importe,
Mais je sais qu'en ce monde où tout marche assez mal,
Plus d'un enfant, au renardeau semblable,
Laisserait volontiers son père aller au diable
Pour éviter d'aller lui-même à l'hôpital.

L'HIRONDELLE ET SES PETITS.

« Quels sont les plus jolis oiseaux ? »
Demandait-on à l'hirondelle.
« Ce sont mes petits, » reprit-elle.

Mères, l'amour aveugle est bien peint dans ces mots.

LE NOUVEAU CARNAVAL.

Il est trois jours où l'homme, abdiquant sa grandeur,
    Prend les grelots de la folie,
Et, couvrant d'oripeaux sa nature avilie,
S'admire d'autant plus qu'il nous fait plus horreur ;
On est en carnaval. Le plaisir qui s'éveille,
Sous son vieil étendard a bientôt enrôlé
    Un peuple fou, bariolé ;
    Et puis vient le dieu de la treille,
    Après la course, au milieu du festin,
    Qui verse l'ivresse et le vin.
Un mouton étourdi, du seuil de son étable,
Un jour suit du regard la tourbe méprisable.
    — Oh ! oh ! dit-il à son voisin,
Comme on rit dans le monde ! Ignorants que nous sommes !
    Le carnaval établi chez les hommes
    Ne peut-il fleurir parmi nous ?

Mon confrère, qu'en pensez-vous ?
Le confrère sourit. Le mouton téméraire,
    Pour s'illustrer ou se distraire,
    N'y voyant d'ailleurs bien ni mal,
    Veut essayer du carnaval.
    Le hasard le sert à merveille :
    Dans l'étable il cherche avec soin
    Et rencontre, en un certain coin,
    La peau d'un loup tué la veille.
  « Bon, se dit-il, ces messieurs du troupeau,
Vont jouir à l'instant d'un spectacle nouveau. »
Il endosse l'habit du brigand qu'il imite,
    Sur ses frères se précipite,
    En s'écriant : « Au loup, au loup ! »
« Au mouton, au mouton ! « répond la compagnie
    Qui découvre la fourberie.
    Chacun se lève tout à coup,
    Et poursuit la bête étourdie ;
Et le mouton, voyant tout ce peuple ameuté,
    Jette la peau du loup sans peine,
Puis au sein de l'étable il court épouvanté
    Ne cherchant qu'à sauver la sienne.

Soyons un vrai bourgeois, non un faux grand seigneur.

L'homme sensé méprise un éclat imposteur,
Car à la première rencontre
Le masque disparaît et la bête se montre,

LE DÉCROTTEUR ET LE CHARLATAN.

Sur un trottoir de la belle Lutèce,
   Un décrotteur en ses vieux ans,
   Privé de fortune et d'enfants
Demandait au labeur le pain de sa vieillesse.
   « La paresse engendre le mal,
Disait-il ; le travail ennoblit et soulage ;
   Débauche, paresse et chômage
   Amènent droit à l'hôpital.
Travaillons ! Mais en vain j'appelle
   Souliers poudreux, souliers mignons,
   Nouveau chien de Jean de Nivelle,
   Chacun me montre les talons.
Le diable seul peut dire où nous allons.
Aujourd'hui tout s'élève ou prend forme nouvelle,
   Les ateliers obscurs se dressent en salons,
   Les pauvres en banquiers, les femmes en ballons,
   Tout grossit, hors ma clientèle. »

Un charlatan s'avance et gravement lui dit :

« J'entends que du siècle on médit,

Bonhomme ! cachez-vous ou montez dans la nue,

Car tout le monde l'applaudit :

Au fait, vous insultez le dieu qui vous nourrit ! »

— « Eh ! puis-je le vanter ce grand siècle maudit

Dont la main pleine d'or m'a jeté dans la rue ?

Je ne voudrais, pour mes vieux ans,

Que du travail, seul bien des pauvres gens,

Et vainement, à plein courage,

Du geste et de la voix je demande l'ouvrage ;

Partout des pieds indifférents.....

Ah ! j'en aurais bien davantage

Si comme tels et tels, je volais mes clients. »

LA LAIE ET LA LIONNE.

La laie, un jour, disait à la lionne,
«—Voyez les fils nombreux que nature me donne!»
« — En auriez-vous un million,
Serait-ce donc un avantage,
Lui répondit sa majesté sauvage?
J'en produis un, pas davantage,
Mais celui-là c'est un lion. »

Quantité, qualité, rarement vont ensemble,
Auteurs français, que vous en semble?

LE RENARD ET LE LOUP MÉDECINS.

Le renard et le loup, las de se décrier,
De vivre dans la faim en vivant dans la haine,
    Finirent par s'associer.
Tous deux courent à jeun la montagne et la plaine
  Le loup disait : « — Mes frères malheureux,
    Animaux borgnes ou boiteux,
    Accourez, un renard habile
    Guérissant la gent volatile
Arrive en ce moment. Le ciel dans sa bonté
L'envoie en ce pays du fin fond de la Chine
    Pour exercer la charité :
Il ajuste les os des genoux, de l'échine,
    Rétablit toute la machine ;
Et lorsque enfin le malade est guéri
    On le paie en disant : merci. »
Renard de son côté criait à perdre haleine,
    Chez la nation porte-laine :

« — Quoi ! parmi vous il est des gens
    Faibles, infirmes, languissants,
Lorsqu'un loup, un voisin, vous l'ignorez peut-être,
    Un docteur aimable et fameux
    Vous offre ses soins généreux ;
    Vous gagnerez à le connaître.
    Il vous soigne et guérit gratis ;
    Pour tout le monde c'est son prix,
    Accourez-donc, pauvres ou riches. »
    Après ces longs propos menteurs,
    Nos deux assassins orateurs
Au carrefour d'un bois vous placent des affiches
    Et leurs diplômes de docteurs :
Bientôt auprès du loup humblement se présente
    Un mouton débonnaire, honnête campagnard,
        Qu'une horrible fièvre tourmente,
    Clopin-clopant arrivent d'autre part
    Une poule boiteuse, un lourd et gros canard
    Désireux de parler au médecin renard.
    On les conduit dans une grotte obscure,
Antre affreux, vieux logis creusé par la nature.
    Le lendemain, nos médecins matois,
    En les croquant les guérissaient tous trois.

    Victime aussi de l'imposture,

L'homme suit trop souvent une fausse clarté ;
La foule court au bruit, non à la vérité.
Lorsque vient un hâbleur, un sot ou moins encore,
    Qui jette un discours en plein vent,
    Discours aussi creux que sonore,
Il est fameux, dit-elle, il est savant :
Il a sa confiance et bientôt son argent.

LA DAME ET LE BOUQUET DE FLEURS.

Une dame au sein d'un parterre
Formait un bouquet précieux :
A ce bouquet, rose, œillet, primevère,
Payaient leur tribut gracieux.
« — Sotte dame , s'écrie une sotte amarante,
Et pourquoi donc seules mes sœurs
Obtiennent-elles vos faveurs ? »
La dame lui répond: «— Connaissez nos pensées ;
Vous possédez des feuilles nuancées
Aux traits purs, veloutés et bruns ;
Je ne dis pas qu'ils soient communs ;
Mais pourrait-on respirer vos parfums ? »

ENVOI A UNE JEUNE COUSINE.

A la vertu, mon enfant, sois fidèle,

Pour plaire au ciel et nous charmer.
Ce n'est pas assez d'être belle,
Fleur modeste, il faut embaumer.

CONSEIL TENU PAR LES CHIENS.

Après l'heure fatale où la race canine,
   Vit un impôt lui tomber sur l'échine,
Un épagneul, Lupus, bien connu dans Paris
   Pour sa prudence et sa malice,
Harangua ses voisins, ses frères, ses amis ;
   Ainsi parlait le sage Ulysse
   Au milieu des Grecs réunis :
« Frères, dit-il, pleurons, car un décret horrible,
Vient encore grossir nos maux déjà nombreux ;
   Notre caste est-elle nuisible ?
Ou serait-ce une loi, dans ces temps désastreux,
Que les plus innocents sont les plus malheureux ?
Je ne sais, mais parlez, ô vous tous ! ô mes frères !
Quel siècle fut jamais plus fécond en misères !
   Le moindre écart lâchement est vengé ;
      Un os, à la hâte rongé,
      Coûte souvent les étrivières ;

Encore, Messieurs, nous voit-on,
A nos maîtres ingrats prodiguer les bassesses,
    Et payer en bonnes caresses
    D'assez mauvais coups de bâton :
Là dessus un honneur cruel et dérisoire
    Vient mettre au comble ces excès :
    Nous voilà citoyens français,
Et pourquoi seuls gémir sous ce fardeau de gloire ?
    Cependant nul mot ennemi,
    Nos aboiements seraient des crimes,
    Et las ! nous tomberions victimes
    De quelque Saint-Barthélemy.
    Un seul pacte reste à notre misère ;
    Écrivons à Sa Majesté
    Et, par l'un de nous présenté,
    Un placet plaidera l'affaire. »
Ainsi parle Lupus. Un instant discuté,
    On adopte ce plan à l'unanimité.
Alors, la plume en main, je veux dire à la patte,
    D'une manière délicate,
    Un maître clerc rédige le placet.
    L'important travail commençait,
    Lorsque avance un char funéraire :
C'était un vieux cheval que l'on portait en terre.
    « — Frères, dit un basset gourmand,

Certain motif de convenance
M'appelle à cet enterrement. »
Il dit et court : son voisin le devance,
Gros lévrier qui, se trouvant à jeun,
Se disait cousin du défunt,
Bientôt la troupe entière à leur suite s'élance ;
Et Lupus, seul enfin resté,
Ayant même appétit, court du même côté,
Son départ ferma la séance.

Pauvres chiens ! — Et pourtant que d'hommes ainsi faits :
On conçoit un beau plan et soudain il s'efface ;
On renonce aux meilleurs projets
Pour voler au plaisir qui passe.

LE CÈDRE ET LE BUISSON.

Sur un sommet désert où sifflait l'aquilon,
Au pied d'un cèdre altier fleurissait un buisson.
    Plein d'amertume et de furie
    L'arbuste nain un jour s'écrie,
    En regardant son protecteur :
    « — Puisse bientôt, la hache aiguë —
    Faire descendre de la nue
    Ce majestueux oppresseur !
Sa puissance orgueilleuse insulte à ma faiblesse,
Sa taille et sa grosseur, tout m'irrite et me blesse. »
    Ainsi, dit-il, car dans son sein,
    L'aveugle jalousie a glissé son venin.
    Huit jours après vient le propriétaire,
    Les bras nus et le fer en main ;
Il regarde, il admire et se résigne enfin
    A frapper l'arbre séculaire,
Non sans pleurs : le besoin est le tyran des cœurs ;

Ainsi que le foyer le champ a ses douceurs.
    « — Vive Dieu ! voilà mon affaire,
       Murmure le buisson tout bas ;
A qui brava la foudre on porte le trépas ;
Eh! bien, meurs!» Il se tut, car atteint dans sa base,
Le cèdre crie, éclate et tombe avec fracas
       Sur le buisson nain qu'il écrase.

Peuple, sache apaiser tes jaloux appétits ;
C'est à l'ombre des grands que vivent les petits.

LE SINGE DEVENU BARBIER.

Un certain Fagotin, vieux singe d'Amérique,
        Exerçait au sein d'un quartier
        L'état modeste de barbier.
        Debout au seuil de sa boutique
    Il criait aux passants d'une voix emphatique :
« Entrez, Messieurs, je fais la barbe à bon marché. »
        Attiré par le prix modique,
Un bouc entre : au fauteuil on l'a vite attaché ;
        On vous le lie, on le garrotte,
        On vous le râcle, on vous le frotte,
        C'est plaisir ; oh ! non, c'est pitié.
        Le malheureux supplicié
        Faisant une horrible grimace,
        Du regard semblait crier : Grâce.
        « Pas de grâce, » dit Fagotin,
Et, terminant d'un coup cette œuvre interminable,
    Il allume une torche et la place soudain

Sous la barbe du pauvre diable !
Le poil brûle aussitôt, et brûle tant qu'enfin
Il n'en reste au menton pas plus que sur ma main.

Alors sans se plaindre et rien dire,
Le bouc ayant payé, tristement se retire,
En murmurant ces mots ne datant pas d'hier :
   « Le bon marché toujours est cher. »

8

LE DERVICHE ET LE CHÉRIF.

Abandonné, proscrit et fugitif,
Au bord d'une forêt pleurait un vieux chérif,
        A ses côtés passe un derviche.
« Quoi, dit-il au vieillard qu'il reconnut d'abord,
Ta grande âme succombe aux épreuves du sort ?
        Sois sans crainte, tu seras fort,
    Sois sans désir, tu seras riche. »

TABLE.

—

LIVRE DEUXIÈME.

LIVRE TROISIÈME.

FIN DE LA TABLE.

www.ingramcontent.com/pod-product-compliance
Lightning Source LLC
Chambersburg PA
CBHW051547280626
47162CB00021B/1621